Unterwürfige lateinamerikanische Frau

Herrschaft und erotische Unterwerfung

Erika Sanders

Unterwürfige lateinamerikanische Frau

Erika Sanders
Serie
Herrschaft und erotische Unterwerfung

Zusammenfassung

Julieta ist eine lateinamerikanische, erfolgreiche und dominante Geschäftsfrau mit Fantasien darüber, was passieren könnte, wenn sie nicht dominant wäre, während sie bei der Arbeit war, sondern die dominierte.

Eines Tages trifft er Paul, der ihm die Facette der Unterwerfung zeigt, die er so sehr versuchen möchte …

Unterwürfige lateinamerikanische Frau ist eine Geschichte mit starkem erotischen BDSM-Inhalt und gehört wiederum zur Sammlung Erotic Domination and Submission, einer Reihe von Romanen mit hohem BDSM-Gehalt.

(Alle Charaktere sind 18 Jahre oder älter)

Anmerkung zum Autorin:

Erika Sanders ist eine bekannte internationale Schriftstellerin, die in mehr als zwanzig Sprachen übersetzt wurde und ihre erotischsten Schriften, fernab ihrer üblichen Prosa, mit ihrem Mädchennamen signiert.

Index:

UNTERWÜRFIGE LATEINAMERIKANISCHE FRAU (EROTISCHE DOMINATION)

ERIKA SANDERS

Juliet erhielt weitere Anweisungen in einem Brief.

Es war ein weißer Umschlag mit der Aufschrift "Vertraulich" in Fettdruck.

Julias Beine begannen zu wackeln, bevor sie den Umschlag öffnen konnte.

Er erinnerte sich, dass er letzte Nacht mit Paul gesprochen hatte.

Was wird Ihr nächster mutiger Plan sein?

Durch ihre Beziehung in den letzten Monaten gewann sie neue Erkenntnisse über sich und ihre Sexualität.

Bevor Paul vorgestellt wurde, glaubte er viel über Sex zu wissen.

Aber seit ihrer Beziehung zu Paul hatte sie angefangen, viele Dinge zu tun, die sie sich noch nie vorgestellt hatte.

Sie hatte viele ihrer Missverständnisse über sich selbst vergessen.

Bevor sie Paul traf, glaubte sie, mit Sex vollkommen zufrieden zu sein.

Aber sie merkte schnell, dass sie mit dem, was sie tat, nicht zufrieden war.

Er hatte ihr beim zweiten Date die Augen verbunden.

Julieta hätte nie gedacht, wie empfindlich unser Körper werden kann, wenn wir nicht sehen können.

Jedes Glied fühlte sich asymptomatisch an und sie war neugierig zu wissen, welcher Punkt als nächstes an ihrem Körper berührt werden würde.

Er hatte das Gefühl, dass jede Berührung seines Körpers für immer andauern sollte, und er bemühte sich, jede Berührung zu genießen.

Das nächste Mal band Paul seine Glieder ans Bett.

Das Gefühl, dass wir emotional hilflos sind, wenn wir unseren eigenen nackten Körper sehen, unseren Partner ihn genießen und wir nichts tun können, wir können nicht widerstehen, wir können nichts selbst vermeiden, dieses Gefühl ist ganz anders.

Du benutzt ihren schönen, jugendlichen Körper, wie du willst, vor deinen Augen ... und du willst nur fühlen, was er dir antun wird.

Gemischte Gefühle von Hilflosigkeit und Aufregung.

Sie spielten diese neuen Spiele ständig und sie genoss all diese Spiele in vollen Zügen und schätzte Pauls Kreativität.

Interessanterweise gab Juliet, die glaubte, ihre Natur sei aggressiv und dominant, Paul im Romantikspiel leicht auf.

Nicht nur das, sie liebte es, sich ganz zu geben, ihm ihren Körper zu geben, zu tun, was er tun würde, zu tun, was er ihr sagte.

Sie begann zu spüren, dass jemand sie dominieren und sie dazu bringen sollte, irgendetwas zu tun.

Diese Veränderung in ihrer Natur hatte sie überrascht.

Letzte Nacht hatte Paul gesagt, dass der Wagemut von morgen der Höhepunkt des bisherigen Spiels sein würde.

"Sie hören alles, was ich sage, nicht wahr?" Er hatte gefragt.

Die Unterwerfung war nur durch Fragen zu ihr gekommen.

"Ja, Herr, ich werde tun, was du mir sagst", antwortete sie leise.

Sie konnte sehr leise sprechen, aber diese Entdeckung begann erst, als sie Paul traf.

"Na dann, morgen erhalten Sie einen Brief in Ihrem Büro. Dieser Brief wird weitere Anweisungen für Sie enthalten."

... und jetzt hatte er diesen Brief wirklich in der Hand!

Mit zitternden Händen brach er das Siegel auf dem Brief.

Was würde darauf geschrieben stehen?

Was wird Pauls nächster mutiger Plan sein?

Was müsste ich heute für ihn tun?

Ein bisschen verängstigt, ein bisschen verlegen fing sie an, das weiße Papier im Umschlag herauszunehmen, zu sehen und zu lesen ...

"Sklave

1. Mach dich bereit für unser Spiel heute Abend um acht Uhr, sei mutig.

2. Du solltest dich so anziehen: weiche rote Hosen, passende Bluse, passender Höschen-BH, goldene Ohrringe in den Ohren, silberner Gürtel und hochhackige Schuhe.

3. Ein Mercedes holt Sie um acht Uhr ab. Der Fahrer weiß, wohin er gehen muss. Er wird Ihnen später weitere Anweisungen geben. So wie Sie jetzt meinen Anweisungen folgen, müssen Sie auch nachts seinen Anweisungen folgen.

4. Außerdem nehmen Sie nichts anderes mit, da Sie es nicht benötigen. Du brauchst keine Tasche oder sonst etwas. "

Julietas Brust pochte vor Aufregung, bis sie die Anweisungen gelesen hatte.

Aufgeregt von dem, was heute passieren würde, wurde sie nass.

Paul, eine Kleiderordnung, acht Uhr abends, Mercedes-Fahrer ... nichts weiter.

Es gelang ihm immer, sie bei der Arbeit abzulenken.

Ein bisschen gruselig, ein bisschen Aufregung, ein bisschen Spaß, viel Neugier ...

So mutig ihre Spiele auch waren, sie wurden bisher an "privaten" Orten gespielt.

Mal in Julias Haus, mal in Pauls Wohnung und einmal in einem Hotel.

Aber sie würde sich allein Paul ergeben ... aber heute würde sie eine dritte Person treffen, den Fahrer dieses Mercedes!

Hat Paul dem Fahrer einige kühne Anweisungen gegeben?

Paul sagte, du musst alles befolgen, was der Fahrer sagt ...

Was passiert, wenn der Fahrer sie bittet, sich im Auto auszuziehen?

Oder wenn er sie bittet, ihn im Auto zu küssen?

Oder wenn Sie es während der Fahrt kippen ... ??? Oh Gott

Warum hat sie das alles Paul gestanden?

Hat sie einen Fehler gemacht, indem sie ihm so sehr vertraut hat?

Einerseits glaubte sie mit solchen Zweifeln auch, dass Paul keine Situation zulassen würde, die sie in Gefahr bringen würde.

Sie lächelte vor sich hin und erkannte, dass die Idee, dass der Fahrer sie zum Ausziehen zwang, ebenso schrecklich wie aufregend war.

Um acht Uhr hatte sich Julia dreimal an- und ausgezogen.

Zuerst trug er rote Hosen, aber es war nicht weich.

Ich sehe so gut aus, warum sollte ich ihm so viel Aufmerksamkeit schenken ...

Während er dies sagte, ohne es zu merken, hatte er seine Hose ausgezogen und nach einem weicheren Rot gesucht.

Dann suchte er nach den goldenen Ohrringen.

Er hatte nie die Gelegenheit gehabt, diese Ohrringe zu tragen, da er früher Jeans und ein T-Shirt trug, aber Paul hatte ein- oder zweimal gesagt, dass er sie sehr mochte.

Seltsamerweise erinnerte sie sich nicht, als sie Paul erzählt hatte, dass sie einen silbernen Gürtel hatte.

Aber er hatte dasselbe in seinem Brief geschrieben, also muss er es gewusst haben, das ist sicher.

Während er seine Intelligenz mental schätzt ...

... Die Uhr schlug acht und ein Auto hupte auf der Straße.

Julieta rannte die Treppe hinunter und sah durch das Guckloch in der Haustür.

Vor dem Tor stand ein langer schwarzer Mercedes.

Sie zog ihre Tasche von der Schulter und warf sie auf das Sofa im Flur, schloss die Haustür ab, schloss das Tor auf und ging zum Mercedes.

Der uniformierte Fahrer öffnete ihm die Hintertür.

Der Fahrer war mittleren Alters und im Aussehen gebildet.

Sie saß drinnen und fragte sich, ob er ihr schon Anweisungen geben würde.

Der Fahrer schloss sehr höflich die Tür, setzte sich und ließ den Motor an.

Wie erwartet war das Fahren in einem Mercedes sehr angenehm, aber es schien ihm nichts auszumachen.

Jetzt sagt Ihnen dieser Fahrer, was zu tun ist, wie und ob Sie wirklich gehorchen möchten, was er sagt ...

Viele dieser Gedanken wirbelten in seinem Kopf herum.

Der Mercedes raste durch die belebten Straßen der Stadt.

Nach und nach wurde der Verkehr in der Umgebung weniger dicht und er erkannte, dass sie die Stadt verlassen und das Industriegebiet betreten hatten.

Die Fabriken und Bürogebäude auf beiden Seiten der engen Straße schienen nicht vertraut zu sein.

Plötzlich verlangsamte der Fahrer den Mercedes und betrat eine Menge, die verlassen zu sein schien.

Obwohl die Fahrzeugggeschwindigkeit langsam genug war, um von der Hauptstraße aus zu fahren, war sie nicht langsam genug, um die Buchstaben auf dem Schild außerhalb des Pakets zu lesen.

Auf dem Grundstück sieht Juliet eine Vigilantehütte mit einer alten, heruntergekommenen Tür.

Der Fahrer hielt an und stieg aus.

Er kam zurück und öffnete die Tür für Julia.

Sobald sie ausstieg, schloss er die Tür und packte sie am Hals und führte sie zur zusammengebrochenen Vigilante-Kabine.

Juliet hatte die Stimme des Fahrers noch nicht gehört.

Diese vier mal vier Fuß große Kabine hatte vorne eine Theke.

Der junge Mann an der Theke sagte zu dem Fahrer:

"Danke Freund, bis zum nächsten Mal."

Der Fahrer lächelte nur und drehte sich schnell um und ging.

Jetzt war Julieta allein vor diesem unbekannten, aber gutaussehenden jungen Mann.

In seinem Lächeln lag etwas Magisches.

"Julia, ist nicht dein Name? Folge mir", befahl der junge Mann.

Juliet folgte ihm vorsichtig.

Die beiden betraten einen büroähnlichen Raum im hinteren Teil des halb zerstörten Gebäudes.

Es gab nichts im Raum als einen Tisch und Stühle in der Ecke.

"Bist du bereit für das heutige einzigartige Abenteuer Julia?" Er fragte, ob er es ernst meinte.

"Ähm? Vielleicht ...", sagte Juliet etwas nervös.

"Nun", sagte er und lächelte geheimnisvoll, "allen, die Ihnen heute Abend Anweisungen geben, werden Sie diese sorgfältig befolgen. Ohne Zweifel ... und ohne jemanden zu fragen. Einige der Vorschläge werden seltsam oder seltsam sein, aber glauben Sie mir, Sie wird glücklicher sein, wenn Sie den Anweisungen folgen. Dann tun Sie, was Ihnen gesagt wird, ohne Scham, Angst oder Furcht. "

"Okay. Was muss ich tun?" Fragte Julia fest.

Als er Julias sexy Körper betrachtete, sagte er:

"Dann hör zu. Zieh dich zuerst aus."

"Alle?" Fragte Juliet zögernd.

"Nein", sagte sie mit einem schelmischen Lächeln, "zieh alles aus, außer das Höschen, die Ohrringe, den silbernen Gürtel und die Absätze."

Juliet wusste nicht, ob sie die Anweisungen richtig gehört hatte.

Er hatte ihm Anweisungen in sehr klaren Worten und mit erhobener Stimme gegeben.

Juliet hatte jedoch das Gefühl, dass er nichts davon sagen konnte.

Selbst nachdem sie seinen Vorschlag mit großer Anstrengung verdaut hatte, wartete sie immer noch darauf, dass er den Raum verließ ...

Sie dachte, sie sollte ihm wenigstens den Rücken kehren.

Natürlich wusste Juliet, dass sie viel erwartete, aber trotzdem ...

In einem Anfall von Wut zog er seine Hose herunter und ließ seinen Gürtel an.

Sie knöpfte den ersten Knopf an ihrer Bluse auf und sah ihn an, um ihm zu zeigen, dass Sie in dieser Situation nicht weniger sind.

Aber sobald sie bemerkte, dass ihr Blick nach unten rutschte, als sie einen weiteren Knopf entfernte, sah sie versehentlich auf sich hinunter.

Es war ihr peinlich, den sehr engen, zarten rosa BH zu sehen, der deutlich sichtbar war, nachdem zwei Knöpfe von der Oberseite gefallen waren.

Ihre fleischigen, weichen Brüste bemühten sich, aus ihm herauszukommen.

Aufgeregt begann sie immer schwerer zu atmen und ihre bereits prallen Brüste schienen zu schwellen.

Ohne weitere Zeit zu verschwenden, knöpfte sie alle fehlenden Knöpfe an ihrer Bluse auf.

Sobald er die Hose von ihren Füßen zog, sah sie ihn an und zog ihre gürteldichte Bluse mit beiden Händen aus.

Dann schob sie sie zurück und blies natürlich ihre große und schöne Brust noch mehr auf. Dann entfernte sie auch die BH-Haken.

Aber für einige Momente blieb sie in derselben Pose und sah ihn an.

Er trat vor und sah ihre geschwollenen Brüste an.

Als Juliet bemerkte, dass es kein Entrinnen gab, verdrehte sie die Augen, holte tief Luft und entfernte langsam ihren BH mit beiden Händen.

Sie hatte nicht den Mut, ihm jetzt in die Augen zu schauen.

Und dann wurde ihm klar, dass er immer noch darauf wartete, dass sie herauskam oder ihm den Rücken kehrte.

Aber sie hätte sich selbst den Rücken kehren können, als sie sich vor diesem seltsamen jungen Mann auszog!

Aber sie hatte sich dreist nacheinander vor ihm ausgezogen ...

Dieser Gedanke war ihr noch peinlicher.

"Falten Sie Ihre Kleidung und legen Sie sie auf den Tisch", erlangte Julieta bei seinem nächsten Vorschlag das Bewusstsein zurück.

Sie öffnete die Augen, aber um seinem Blick auszuweichen, hob sie die Hose, die Bluse und den BH auf, die über ihre Beine rollten, und näherte sich dem Tisch.

Sie faltete sie vorsichtig zusammen, legte sie auf den Tisch und stellte sich vor ihn, aber nicht weit dahinter.

"Jetzt dreh dich um und steh mit beiden Händen zurück", befahl er erneut mit ernster Stimme.

Jetzt drehte sie sich um und fragte sich, wofür es wohl sein würde. Sie drehte sich um und winkte mit beiden Händen zurück, als wäre sie sehr faul geworden.

Sie nickte und fühlte, wie er auf sie zukam.

Ihre zarten Handgelenke wurden von kaltem Metall berührt, als sie darüber nachdachte, was als nächstes passieren würde.

Was ist das Neues, fragte sie, bis etwas klickte und beide Hände in derselben Pose gefangen waren, die er ihr gesagt hatte.

Oh Gott. Du bist hier an einem unbekannten Ort, mit einem unbekannten Mann, in diesem Moment, in einem solchen Zustand ... und jetzt so schutzlos !!

Wenige Kleidung am Körper, kein Telefon in der Nähe, keine Tasche ...

Wofür würden sie dienen?

Beide Hände waren von hinten in Fesseln gefangen.

Paul ist nicht in Sicht.

Und dieser seltsame, aber gutaussehende junge Mann kommt dir so nahe ... dumm!

Du bist dumm, Julia.

Warum glauben die Leute so blind?

Und das auch bei einer Person wie Paul ... wie gut kennst du ihn?

Was wird jetzt mit dir passieren?

Oh Gott, was habe ich getan ...

"Komm schon", sagte er und wartete nicht darauf, dass sie ging, sondern hielt sich an ihren Fesseln fest und ging zur Tür.

Es hatte keinen Sinn zu protestieren.

Sobald sie aus der Tür war, strömte ein kalter Luftstoß über Julia und Tränen stiegen in ihren Augen auf.

Er ging mit schweren Schritten.

Er schleppte sie fast auf den dunklen Parkplatz.

In solch einem halbnackten Zustand fühlte er auch die Unterstützung dieser Dunkelheit, aber ...

Aber was ist das?

Die Schande ihres eigenen halbnackten Körpers, ihrer eigenen Hilflosigkeit, der unfreiwilligen Gesellschaft dieses jungen Fremden, während sie Angst hatte, erregte sie auch hilflos.

Sie schämte sich, die süßen Empfindungen zu spüren, die von dem einzigen Kleidungsstück bedeckt waren, das noch auf ihrem Körper war.

Sie wusste nicht genau, was Sie dachten.

Obwohl ihr Körper kalt war, fühlte sie sich warm, als sie den Raum verließ und auf den Parkplatz ging, mit der Berührung ihres Körpers beim Gehen und dem starken Griff der Schäkelstange.

Ihre dunklen Schokoladennippel zogen sich zusammen und begannen aus der kalten Luft zu schmerzen.

Es sah so aus, als würde er die Bar mit beiden Händen sehr fest halten ... aber sie hatte beide Hände hinter ihrem Rücken gefangen.

Und was würde dann mit ihm passieren, wenn er beide Hände frei hätte?

Wenn er ihre steifen Brustwarzen mit der gleichen Kraft drückte, mit der er seine Langhantel hielt ...

Juliet war schrecklich überrascht von ihren eigenen Gedanken.

Was hast du vor ein paar Augenblicken gedacht?

Aufgrund dieser Hilflosigkeit, der Schande, hatten die Tränen gerade ihre Augen erreicht.

Jetzt sollte die Berührung der felsigen Hand dieses unbekannten Mannes unseren intimsten Teil berühren, den Gedanken ... oder das Verlangen ...

Gott!

Was ist mit mir passiert

Welche Gedanken kommen mir in den Sinn?

Paul, wo bist du, böse?

Du ... du hast mich so gemacht!

Kann ich morgen in den Spiegel schauen oder nicht?

Am Ende des Parkplatzes befand sich ein kleines Tor.

Der Fremde öffnete die Tür und schob Julia hinein.

Es war wie eine große leere Kammer.

Julieta kniff die Augen zusammen und versuchte sich umzusehen, aber es war alles dunkel bis auf die Lampe, die in der Mitte des Raumes hing.

Er zog sie wieder hoch und stellte sie unter das Lampenlicht.

Ihr schöner Körper, der so lange von Dunkelheit bedeckt war, wurde wieder freigelegt.

Verlegen und plötzlich das Licht in ihren Augen, wischte sie sich die Augen hart ab.

Ein paar Momente vergingen in extremer Stille.

Es gibt keine Bewegung, es gibt keine Bewegung.

Ich frage mich, ob er mich hier gelassen hat ...

Sie spürte, wie seine Berührung ihre lineare Taille berührte.

Ein- oder zweimal bewegte sich die Berührung langsam von beiden Seiten ihrer Taille zu ihren Achselhöhlen und rutschte dann nach unten und die Ränder ihres Höschens hinunter.

Julieta wischte sich die Augen, als wüsste sie, was als nächstes passieren würde.

Die Finger beider Hände zogen die Ränder ihres rosa Höschens herunter.

Ihr Höschen fing sich, als sie ihre Schenkel erreichten.

Mit gefesselten Händen hinter dem Rücken konnte er nichts tun.

Die Finger seiner linken Hand kamen mit Autorität von hinten nach vorne und begannen, die Vorderseite ihres Höschens zu senken, sie zu kneifen und ihre feuchte Vagina zu berühren.

Im nächsten Moment fiel ihm das letzte Kleidungsstück an seinem Körper zu Füßen, obwohl es nur nominell war.

"Leg sie beiseite", hallte seine kraftvolle Stimme durch diese Leere.

Er löste ihre Beine von ihrem Höschen, ohne nachzudenken.

Jetzt war sie völlig nackt, nackt, nackt.

Ganz zu schweigen davon, dass an ihrem schönen Körper noch ein paar Dinge übrig waren: Ohrringe, ein silberner Gürtel und High Heels.

Natürlich diente nichts dazu, Verlegenheit zu vermeiden, aber sie begann an sich selbst zu denken, als sie sich der Situation stellte, in der sie sich befand.

"Bleib still da", sagte sie und gab den nächsten Befehl.

Obwohl Julia jetzt die Augen öffnete, wollte sie ihm nicht ungehorsam sein.

Als er darüber nachdachte, was er tat, hörte er ihn etwas schieben.

Sie sah nach rechts und sah ihn.

Er schob etwas mit Rädern auf sie zu.

Es war ein Tisch.

Der Tisch war ungefähr hüfthoch.

Lederriemen wurden über den Tisch geschnallt.

Er brachte den Tisch direkt vor sie.

Dann umkreiste er sie erneut, schob sie nach vorne und beugte sie über den Tisch.

"Spreiz deine Füße, Julia", befahl er.

Sie bewegte gehorsam beide Beine leicht zur Seite.

"Noch mehr", schrie er und sie stand mit beiden offenen Beinen da.

Jetzt berührte ihre feuchte Vagina das Leder auf dem Tisch.

Sobald ihre Beine die Tischbeine trafen, band er ihre beiden Beine fest mit den Lederriemen zusammen.

Jetzt war es ihm unmöglich, sich zu bewegen.

Er umgab sie und befreite ihre Hände von den Fesseln.

Er lächelte und stellte sich vor sie.

Als sie ihren nackten Körper betrachtete, senkten sich Julias Augen automatisch verlegen.

Er gab immer wieder Befehle.

"Geh runter und berühre deine Zehen."

Als sie sich nach unten beugte, beugte er sich vor und band ihre Hände an ihre Beine.

Egal wie mutig sie war, Juliet hatte Angst vor diesem Zustand der Hilflosigkeit.

Zu diesem Zeitpunkt war sie nicht in der Lage, sich alleine zu bewegen.

Ihre feuchte Vagina und ihr volles Gesäß waren vor 'diesem' Fremden völlig freigelegt.

Nicht nur das, sondern auch ihre Vagina und sogar ihr Arschloch müssen jetzt für ihn sichtbar gewesen sein.

Sie versuchte ihre Atmung zu kontrollieren und fragte sich, was er als nächstes tun würde.

Für eine Minute bemerkte sie keine Bewegung von ihm, aber dann bemerkte sie, dass er sehr nahe hinter ihr war.

Gleichzeitig fühlte er sich sehr vertraut, aber an einem unerwarteten Ort ...

Vaseline! Ja, es war Vaseline.

Er rieb mit einem beschichteten Finger Vaseline in ihr hinteres Loch.

Er breitete es eine Weile um sie herum aus und steckte dann seinen Finger in ihren Anus.

Juliet hielt für einen Moment den Atem an.

Bevor sie Paul kennenlernte, war ihr keine andere Verwendung für ihr Analloch als gewöhnlich bekannt.

Sie war immer verärgert, als sie in einem Porno-Video mit Paul Analsex sah.

Er würde Paul anschreien und ihn zwingen, die Szene zu passieren.

Aber als er ihre Arme und Beine ans Bett gebunden und ihr die Art des dominanten Geschlechts beigebracht hatte, hatte er trotz ihres Widerstands einen Gummistopfen in ihren Anus gesteckt.

Juliet, die anfänglich schrie, akzeptierte diese Art von Spaß in kürzester Zeit.

Danach bat sie ihn jedes Mal, wenn Paul herunterkam, um ihre Vagina zu lecken, mindestens einen Finger hinter sich einzuführen.

Tatsächlich tat Paul es wirklich gern so, aber nur um Julia zu ärgern, erinnerte er sie an seine Ablehnung und seinen Ekel ...

Aber heute, als der Finger dieses unbekannten Mannes frei durch Schritt und Anus zirkulierte, hatte er viele Emotionen im Kopf.

Sie war wütend auf ihre eigene Hilflosigkeit.

Der Eindringling ärgerte ihn wegen des offensichtlichen Vormarsches.

Sie hasste Paul dafür, dass er sie in eine solche Situation gebracht hatte.

Sie hatte Tränen in den Augen, als ihr Finger in sie eindrang.

Gleichzeitig war sie erregt, als sie bemerkte, dass sich der Finger eines Fremden an einer seltsamen Stelle in ihrem Anus bewegte.

Nachdem er seinen Finger eine Weile in ihr Loch hinein und heraus gedrückt hatte, steckte er gewaltsam einen dicken Gummistopfen in ihr Loch.

Obwohl das Vaseline die Beschwerden etwas verringerte, war die Größe des Stopfens viel größer als die Größe seines Lochs.

Aber Julia konnte nur protestieren.

In diesem Moment versuchte Juliet aufzuhören zu weinen und tief durchzuatmen ...

Als der Stecker vollständig hineingesteckt war, schlug er hart auf ihren schmerzenden Arsch und zog sich von ihr zurück.

Julias buchstäblich gedämpfter Schrei folgte dem Geräusch des "Knackens", das im ganzen Raum widerhallte.

Zu diesem Zeitpunkt wurde er sehr wütend auf Paul.

Er muss dem Fremden einige Dinge erzählt haben, die zwischen den beiden sehr privat sind.

Natürlich!

Außerdem, wie konnte dieser Mann wissen, dass Julia, die immer für die Arbeit verantwortlich ist, gerne im Sex dominiert wird?

Obwohl sie weinte, als sich ihr Finger über ihren Anus bewegte, musste sie gewusst haben, dass sie es liebt, mit dem Finger gestochen zu werden.

Und jetzt, ohne sich um die körperlichen Schmerzen zu sorgen, die sie durchmachte, und ohne vorherzusehen, wie sie reagieren würde, war sie überzeugt, dass Paul ihr wegen der Kraft, mit der er sie verprügelt hatte, alles erzählt haben musste.

Paul hatte ihr auch den Trick beigebracht, extreme Schmerzen zu lindern.

In der Außenwelt konnte Julia die laute Stimme des Mannes vor sich nicht ertragen.

Aber in dieser privaten Welt war ihre größte Fantasie, dass jemand sie foltern und körperlich zwingen könnte.

Als er diese Informationen nutzte, wurde er wütend und gleichzeitig sehr aufgeregt, als er bemerkte, dass dieser Mann mit seinem Körper spielte.

Mit all diesen Gedanken warf er ihr jedoch weiterhin eine Peitsche zu.

Ihr blasses Gesäß war jetzt rötlich wie Kirschen und heiß wie die Hölle.

Nach zehn oder fünfzehn Schlägen warf er die Peitsche beiseite und fing an, Julias rötliches Gesäß zu verprügeln.

Nach viel Folter wollte Julia ihn umarmen.

Er blieb stehen und stellte sich vor sie, als sie wollte, dass seine Hände noch eine Weile dorthin zurückkehrten.

Er beugte sich vor und ließ ihre Hände los. Er richtete sie auf.

Er nahm ihre zarte Hand in seine und hob sie hoch.

Juliet sah ein starkes Seil von oben baumeln.

Er band beide Hände sorgfältig zusammen und wickelte sie in das Seil.

Er rutschte aus und fiel zur Seite.

Das Seil wurde vom Dach über die Brücke gebunden.

Er löste das Seil von seinem Griff, nahm es in die Hand und begann es fest zu ziehen.

Julias Körper wurde hochgezogen und hochgezogen, wobei das Seil an ihren Armen zog.

Juliet ließ ihn ohne Widerstand an ihrem Körper ziehen.

Er zog weiter am Seil, bis er sie an beiden Fersen anhob.

Jetzt stand Juliet auf den Zehen ihrer High Heels und schwang ihren Körper, baumelte aber nicht.

Er band das Ende des Seils wieder fest und stellte sich vor sie.

Julias gesamte Brust war jetzt aufrecht, als sie beide Arme erhoben hatte.

Als sie von oben nach unten schaute, sahen ihre eigenen Brustwarzen auch etwas zu abgewinkelt aus.

Und dann drehte er seine Finger über die dunklen Ringe um ihre Brustwarzen, packte plötzlich mit einer Prise beide spitzen Brustwarzen und zog fest daran.

Juliet schrie bereitwillig und stolperte, wo sie stand.

Ihre Oberschenkel waren auch in ihren Bewegungen eingeschränkt, da ihre Beine unten und ihre Hände oben gebunden waren.

Er fuhr fort, ihre Brustwarzen mit einer Prise seiner Finger zu ziehen und loszulassen.

Langsam wurde Juliet wieder aufgeregt.

Sie wischte sich die Augen, zog ihren Nacken zurück und bewegte ihren Körper zu ihm.

Es war, als wollte er diese schmerzhafte Prise immer und immer wieder.

Von dort nahm er eine kleine Menge rote Creme auf seine Finger.

Sanft rieb er die Salbe um ihre Brustwarzen.

Er tauchte seine Finger wieder in die Röhre und schöpfte noch etwas Sahne heraus.

Jetzt kam seine Hand herunter und begann ihre Vagina zu berühren.

Er fand ihre Vagina durch ihr feines Haar und schmierte dort auch die Creme.

Dann kam er zurück und rieb den cremefarbenen Gummistopfen an ihrem Anus.

Julieta war sehr aufgeregt über die Berührung dieser kalten Creme mit ihren drei "privaten" Organen.

Aber nach ein paar Sekunden begann die kalte Sahne sie aufzuheizen.

Und nach und nach begann es an der Stelle zu jucken, an der er die Creme auftrug.

Sie wollte unbedingt, dass jemand ihre Brüste drückte.

Sie versuchte, ihre Hände zu befreien, um auf ihre eigenen Brüste zu drücken und ihre eigenen starren Bindungen zu festigen.

Im Moment brauchte sie ihre felsigen Finger, ihre geleckten Brustwarzen und ihre juckende Vagina ...

Gleichzeitig spürte er die Berührung dieses vibrierenden Objekts.

Paul hatte ihr einen mittleren Vibrator gegeben, aber bisher hat sie ihn nie alleine benutzt.

Paul arbeitete den Vibrator alleine mit ihr.

Aber jetzt schien der Vibrator, der in ihre juckende Vagina eingedrungen war, zu groß.

Außerdem fühlten sich seine Vibrationen viel stärker an als ich erwartet hatte.

Obwohl beide Beine gebunden waren, streckte sie ihre Schenkel, um so viel Platz wie möglich für den Vibrator zu schaffen.

Er kroch einen Zentimeter und erwartete ihre zarte Vagina.

Juliet war jedoch von der Creme und der Situation im Allgemeinen so angetan, dass sie ihren ganzen Körper nach vorne drückte und versuchte, den Vibrator hineinzuholen.

Als er den dicken Vibrator in seiner Gesamtheit nahm, stand er zitternd da und genoss seine Vibration.

Beide Beine gebunden.

Ich schieße mit beiden gefesselten Händen hoch.

An einem so unbekannten Ort spürte Juliet, wie die Lebensfreude völlig schutzlos, nackt und aufgeregt vor einem Fremden hing.

Ein fester Stecker in ihrem Anus und ein Vibrator füllten ihre Vagina.

Die Brustwarzen wurden von dieser roten Creme oben angemacht.

Sie wollte aufrichtig, dass der Fremde sie beißt, beißt und ihr pralles, fleischiges Gesäß zerquetscht.

Er hatte das Gefühl, als wären die beiden Gegenstände in beiden Löchern tief in seinen Körper eingedrungen.

Er hatte nie aufgehört, den Vibrator hineinzuschieben, aber Juliet selbst versuchte ihn hereinzuholen.

Er schloss beide Löcher, zog Handgelenke und Knöchel bis zur Spannung, streckte seinen ganzen Körper und erreichte mit einem lauten Schrei den Höhepunkt des Glücks.

Zum ersten Mal in seinem Leben dauerte dieser Moment lange.

Die Muskeln in ihrem Anus begannen sich zu spannen, während ihre Vaginalmuskeln sich zu schwächen begannen.

Und bevor die erste Erregungswelle nachließ, versteifte sich ihr Körper wieder.

Sie erlebte einen zweiten Orgasmus in Folge aufgrund des Gummistopfens in ihrem Anus.

Sie hatte gleichzeitig extreme Schmerzen und Vergnügen.

Langsam begann ihr Körper zu sinken und sie schloss die Augen.

Sein Gesicht ruhte in hängender Position auf seiner Brust.

Er beugte sich vor und zog den Vibrator aus ihrer Vagina.

Es dauerte eine Weile, bis sich ihr Körper erholt hatte.

Dann sammelte er etwas Kraft, hob den Hals, öffnete die Augen und ...

... alle Lichter im Raum waren an.

Unter ihrem Blick sah sie ungefähr fünfzehn Stühle, nur zehn Fuß von ihr entfernt.

Sie starrte ungläubig auf die Stühle und natürlich auf die Menschen, die darin saßen.

Es gab Männer in den Dreißigern und Fünfzigern ... und es gab Frauen.

Sie alle sahen Julia mit Freude und Bewunderung an.

Paul saß auf dem letzten Stuhl und sah sie stolz an.

Ich freute mich, Paul zu sehen.

Aber dann erinnerte er sich an seinen eigenen Zustand und die jüngste "Enthüllung".

Verlegen senkte sie den Hals, konnte aber ihre Hände nicht bewegen, um ihren nackten Körper zu bedecken.

Und vor was würde er sich jetzt verstecken?

Nachdem sie die ganze "Show" gesehen haben, ...

Mit all diesen Gedanken, die durch ihren Kopf gingen, fühlte sie die Bürste aus kaltem Wasser hinter sich.

Die Fremde, die so lange mit ihrem Körper gespielt hatte, "kühlte" sie mit einer Wasserpfeife in der Hand.

Sie hatte keine andere Wahl, als sich von ihm mit gefesselten Armen und Beinen baden zu lassen.

Er drehte ihren nackten Körper und badete sie vollständig von Kopf bis Fuß.

Zuerst die Überreste der Wimpern auf ihrem Gesäß, dann das Scheuern ihrer Arme und Beine vom Verband, die Brüste und Brustwarzen, die von der Creme und ihrer Handhabung anschwollen, in ihren beiden empfindlichen Poren, von denen sie einen unerwarteten Anfall von beiden erlitt Richtungen und überall auf ihrem jungen und zarten Körper.

Ich brauchte wirklich dieses kalte Wasser!

Als sie völlig durchnässt war, drehte sie den Wasserhahn ab und trat vor, um ihren Griff um ihre Beine zu lockern.

Julieta spreizte ihre langen Beine und versuchte aufrecht zu stehen.

Dann löste er das Seil, das oben hing, und ließ ihre Hände los.

Er ließ sie für einen Moment allein und näherte sich ihr wieder.

Er zog den hinteren Tisch hoch und ließ Julia darauf sitzen.

Es gab keine Kraft in seinem Körper, es gab kein Verlangen in seinem Geist, sich einer seiner Handlungen zu widersetzen!

Er legte sie auf den Tisch und band ihre Hände zusammen.

Diesmal wickelte er die Träger um ihre Schenkel, ohne ihre Beine an den Knöcheln zu binden.

Julietas Vagina war jetzt offener als zuvor, und die Gurte waren an den Haken auf beiden Seiten des Tisches befestigt.

Jetzt war ihre rosa Vagina vor ihr sichtbar, und der Gummistopfen in ihrem hinteren Loch war ebenfalls sichtbar.

Er ließ sie für eine Weile in diesem Zustand.

Der Gedanke an Leute, die im Raum saßen und sie anstarrten, ließ sie sich verlegen und auch erregt fühlen.

Als sie sich daran erinnerte, dass Paul auch um sie herum war, lehnte sie sich zurück und wartete auf den nächsten Angriff ...

Und dann spürte sie die vertraute Berührung des Vibrators ... zuerst an ihren Beinen, dann an ihren prallen Schenkeln, dann an ihrem flachen Bauch, um ihre hohlen Brustwarzen und dann langsam an beiden Brüsten, an ihren engen Brustwarzen, nach oben.

Er konnte nicht glauben, dass er in so kurzer Zeit wieder aufgeregt sein konnte.

Er spürte, wie der Ausfluss aus ihrer Vagina von ihren erschöpften Schenkeln zu ihrem eigenen Anus tropfte.

Und sie war überwältigt von dem Anblick von fünfzehn oder zwanzig Fremden, Männer und Frauen, die sie anstarrten.

Besorgt begann sie auszusprechen:

'Ah ah!'

Plötzlich ging der Vibrator aus.

Julias Erregung war nicht mehr in ihrem Körper.

Sie fing an laut zu schreien, schrie und forderte den Fremden auf, zu ihr zu kommen und sie weiter mit dem Vibrator zu streicheln.

Ein paar Sekunden müssen vergangen sein und dann fühlte sie eine sehr ungewohnte und unerwartete Berührung zwischen ihren beiden Schenkeln ...

Überrascht schaute sie dorthin und sah, dass der junge Fremde seine lange Zunge über ihre Vagina bewegte.

Sie grinste und sah ihn an, lehnte sich dann zurück auf den Tisch und entspannte ihren Körper.

Er war ihr nicht mehr fremd.

Die anderen Männer und Frauen im Raum existierten nicht für sie.

Er hatte nicht einmal Gedanken an Paul im Kopf.

Er spürte die Berührung der langen, starken Zunge des jungen Mannes, verdrehte die Augen und legte sich hin.

Während des nächsten Orgasmus hatte sie ein breites Lächeln im Gesicht.

Wie lange sie ihre Vagina leckte, wie lange sie wach oder schlafend auf dem Tisch lag ... Ich hatte keine Möglichkeit zu wissen.

Sie wusste nur, dass die beiden wieder allein im Raum waren, ihre Glieder frei waren, der Gummistopfen von ihrem Anus entfernt und neben den Tisch gelegt worden war und der Fremde, der ihr den größten Orgasmus seines Lebens beschert hatte Ohne Geschlechtsverkehr stand er höflich vor ihr.

Er stand langsam auf und stand vom Tisch auf.

Er hatte seine Kleider in den Händen.

Jetzt, als sie sich anzog, lehnte er sich an sie ... nicht um sie in Verlegenheit zu bringen, sondern um ihren engen BH zuzuknöpfen.

Er half ihr auch freundlich, das Anziehen zu beenden.

Nachdem er sich angezogen hatte, führte er Julia zurück zur Hütte des Wächters.

Der gleiche schwarze Mercedes stand vorne.

Der Mercedes-Fahrer öffnete die Tür für sie und blieb erwartungsvoll stehen.

Julieta lächelte, als sie sich an die Freundlichkeit des Fahrers erinnerte.

Er drehte sich um und fragte zum ersten Mal seit dem Treffen mit dem "Fremden".

"Wie heißen Sie?"

Er lächelte.

Er nahm ihre Hand und drückte sie näher und sagte:

"Mein Name ist nicht wichtig."

Dann lächelte sie nur und sagte "Danke" und ging auf das Auto zu.

Paul wartete auf dem Rücksitz des Autos auf sie.

Sobald er eintrat, umarmte Julia Paul in ihren Armen.

Paul tätschelte ihm liebevoll den Kopf und bedeutete dem Fahrer, das Auto zu starten.

Der schwarze Mercedes rannte wieder durch die engen Gassen des Industriegebiets in Richtung der geschäftigen Stadt.

Paul nahm eine Videokamera, die er beiseite gelegt hatte, hielt den Bildschirm nahe an Julia und sagte:

"Alles, was du getan hast, seit du aus dem Auto gestiegen bist ... oder alles, was dir angetan wurde, ist in diesem Video zu sehen. Wie mutig du bist."

Juliet entspannte sich in seinen Armen.

Das Lächeln auf ihrem Gesicht und die Zufriedenheit sprachen für sie, ohne dass sie mehr sagen musste.

Paul ließ sie sich im Auto entspannen, tätschelte sie erneut und starrte auf das Band ihres Mutes.

Der heutige Plan war ein Erfolg.

Ich war glücklich und aufgeregt, dass ich bald bereit sein würde für ein erstaunliches nächstes Abenteuer ...

ENDE

WILDES WILLKOMMEN
ERIKA SANDERS

Susan lag auf der Couch und dachte an ihren Partner.

Sie liebte ihn von ganzem Herzen und ihr Traum war es, dass er mit Vorspiel tat, was er wollte.

Leck und lutsche sie, bis es sich lohnt, für ihre Ekstase zu sterben.

Dann fick sie mit Sex, der stärker ist als die Schöpfung.

Es war so eine langweilige Nacht.

Susan lag in ihrem rosa Seiden-BH und Höschen auf der Couch und sah sich einen Film an.

Aber Susan dachte an ihren Freund, seinen schönen Körper, seine grünen Augen und sein dunkelbraunes Haar.

Susans Zunge spähte aus ihren Lippen, als sie an ihn dachte. Lust erfüllte ihren Geist und Körper.

In diesem Moment hörte Susan, wie sich die Tür öffnete, er war endlich da.

Aufgeregt und nass sprang sie auf und rannte zur Tür.

Dort stand er in seiner Jeans und einem weißen T-Shirt.

Er ging in den Raum und bemerkte Susans schöne, schwebende Brüste, als sie vor Aufregung fast aus ihrem BH fielen.

Er packte sie an der Taille, zog Susan zu sich und küsste sie tief.

"Ich bin so verdammt geil", flüsterte Susan mit ihrem warmen, feuchten Mund. "Fick mich jetzt."

Er brauchte keine zweite Einladung und schob Susan zum Küchentisch.

Er zog sein Hemd aus, machte das Licht aus und verdunkelte den Raum.

Susan lag auf dem Tisch, ihre Brustwarzen spähten jetzt durch ihren weißen BH und ein nasser Fleck bildete sich auf ihrem passenden Höschen.

Er trat näher an sie heran und bildete eine Ausbuchtung in seiner Jeans.

Er beugt sich über Susan, küsst sanft ihren Bauch und leckt alles darüber.

Susan schnappt vor Vergnügen nach Luft und ihre Hände greifen nach seinem Kopf, um ihn näher zu bringen.

Er leckte und küsste ihren Bauch weiter und bewegte sich von Zeit zu Zeit zu ihrer Muschi hinunter, die immer noch von ihrem Höschen bedeckt war, um heiße Luft auf sie zu blasen.

Er packt ihre Unterwäsche mit den Zähnen und zieht sie mit einer schnellen Bewegung nach unten.

Er wirft sie auf den Tisch und schnüffelt an ihren Schamhaaren.

Susan beginnt zu stöhnen und schwer zu atmen.

Er vergräbt sein Gesicht in ihrer feuchten Muschi und hebt seine Hand, um ihren BH zu entfernen.

Susans freche Brüste laufen über ihre weichen Hände.

Er leckte noch einmal sanft an Susans Schlitz, bevor er zum Kühlschrank ging.

Er öffnete es und holte eine Schüssel Erdbeeren heraus. Er nahm zwei von ihnen und legte einen auf Susans Bauch und den anderen zwischen ihre Brüste.

Er leckte die Erdbeere an seinem Nabel und aß sie danach.

Er fuhr fort, ihren Körper von unten nach oben zu lecken und ging schließlich zur nächsten Erdbeere über.

Er leckt Susans Dekolleté und bewegt die Erdbeere zwischen ihren Brüsten auf und ab.

Susan stöhnt über das ungewöhnliche Gefühl.

Er bewegt die Erdbeere weiter und tiefer in Susans Körper, bis er ihre Muschi erreicht, indem er die Erdbeere mit seiner Zunge drückt.

Susan schnappte nach Luft und er konnte sehen, wie sich ihre Muschi mit der Erdbeere zusammenzog, die mit ihren Säften bedeckt war.

Er schob die Erdbeere tiefer in ihre Muschi.

Er bedeckte sie mit seinem Mund, der sanft saugte, bis die Erdbeere wieder in seinem Mund war; jetzt mit Säften aus Susans Muschi bedeckt.

Er nippte an der Erdbeere, aß sie und rollte Susan auf ihren Bauch.

Mit ihrem Hintern in der Luft streichelte sie es.

Er schlug Susan sanft auf den Arsch, bevor er auf ihren Arsch tauchte und ihn leckte und Hickeys überall auf ihrem Arsch zurückließ.

In der Nähe stand ein Glas Honig. Er griff hinein und rieb es auf Susans Lippen.

Dann steckte er seine Zunge tief in sie und brachte Susan zum Stöhnen.

Er saugte seine Zunge tief in ihre Muschi.

Susan stöhnte laut und sagte:

"Fick mich jetzt."

Er zog seine Jeans aus und sein Schwanz pochte.

Jetzt nackt ragt sein Schwanz groß und stark heraus.

Er packte Susan und fuhr mit seinen Händen über ihre inneren Schenkel, wobei er seinen Schwanz direkt vor ihren Eingang legte.

Er rieb seinen Kopf an ihrer Nässe; Sanft teilte sie ihre Lippen und schob sanft den Kopf seines Schwanzes.

Ein Stöhnen entkam Susans Lippen, als sie spürte, wie die Spitze seines Schwanzes in sie eindrang.

Susan stöhnte lauter, als er den Rest seines riesigen harten Schwanzes in ihre Muschi schob.

Als er sie alle füllte, drückte sie die Wände ihrer Muschi und brachte ein Stöhnen von sich.

Er fing an, seinen Schwanz in Susans Muschi hinein und heraus zu pumpen und fuhr mit jedem Schlag mehr und mehr.

Er schlug weiter auf ihre Muschi ein und Susan stöhnte immer lauter.

Er packte ihre Schenkel, schlug härter als je zuvor und knurrte, als er mit seinem massiven Schwanz in Susans Körper eindrang.

Susan schrie:

"Das fühlt sich so gut an, Baby, fick mich härter."

Er knallte seinen Schwanz fester in Susans Muschi und spürte die Ansammlung von Sperma an der Basis seines Schwanzes.

Seine Eier treffen mit seiner Bewegung auf Susans Arsch.

Susan stöhnte lange und bekam einen wilden Orgasmus, ihre Muschi drückte seinen Schwanz, also fing er auch an zu orgasmen.

Sperma spritzte aus seinem Schwanz, der erste Strom drang in Susans Muschi ein.

Aber er zog sich zurück und ließ den Rest zurück, um seinen Körper zu besprühen.

Gerade als ihr Orgasmus nachließ, steckte er seine Finger in ihre Muschi, pumpte sie schnell und schickte Susan wieder zum Orgasmus.

Susan stöhnte und ging über den Tisch, zog ihn über sich und küsste ihn tief.

Sein Schweiß und sein Sperma vermischten sich über beide Körper.

Nachdem beide sich entspannt hatten, sagte er:

"Es ist schön, so empfangen zu werden."

ENDE

VERRATEN
ERIKA SANDERS

43

Kapitel I

Becky hörte das Klicken des Schlüssels im Schloss.

Er rannte die Treppe hinunter, schaltete das Flurlicht ein und öffnete die Tür.

Jack war dort im Regen, die Kapuze über seinen Kopf gezogen, der Schlüssel in seiner Hand stehen geblieben, als seine dunklen Augen sie anstarrten.

"Oh mein Gott, du bist gekommen", sagte Becky fröhlich.

Sie sprang vor und schlang ihre Arme um seine Schultern, umarmte ihn und spürte, wie der Regen, der ihren Mantel bedeckte, auf ihre enge Kleidung sickerte.

Es war ihr egal.

Ihr Mann war hier und das war alles was zählte.

Sie befreite Jack von einer überschwänglichen Umarmung und legte ihre durchnässten Hände auf sein Gesicht.

Sein ernster Gesichtsausdruck hatte sich nicht verändert.

"Was ist los?", Sagte sie.

"Wir müssen reden."

Becky spürte, wie ihr Magen zuckte, aber sie trat beiseite, um Jack hereinzulassen und seine nassen Stiefel auszuziehen.

Sie ging ins Wohnzimmer und rieb sich nervös die Arme, während sie darauf wartete, dass Jack die schlechten Nachrichten überbrachte, was auch immer es war.

Dann ging er ins Wohnzimmer, immer noch mit einem ernsten Gesichtsausdruck.

"Geben Sie uns bitte etwas zu trinken", sagte er.

Becky ging zum Schnapswagen und schenkte zwei Brände ein.

Ihre Hand zitterte, als sie ihm eine der Gläser reichte und ihre schnell trank.

Jack kam mit ziemlich feuchten Socken zum Stuhl.

Das Bild, das er so gab, war ein bisschen komisch.

Sie hätte gelacht, wenn es nicht den angespannten Moment gegeben hätte.

Er saß auf der Sitzkante, ließ sich nicht nieder und zog seinen Mantel nicht aus, als er sich darauf vorbereitete, die schlechten Nachrichten zu überbringen.

Er nahm einen großen Schluck Brandy, bevor er sprach.

"Sie weiß alles über uns", sagte er, nachdem er den Schnaps mit einem letzten Seufzer genommen hatte.

Becky spürte, wie ihre Knie schwach wurden und ihr Herz raste.

Er schenkte sich noch ein Glas Brandy ein.

Er ging zur Couch vor Jack und setzte sich.

"Wie?" Sagte er nach einem weiteren Schluck der warmen Flüssigkeit.

"Ich sagte."

Becky runzelte die Stirn.

"Hast du es ihm gesagt? Wofür zum Teufel?

"Ich konnte es nicht mehr ertragen."

Becky stand auf.

"Bitte sag mir, dass du Witze machst, Jack."

Er schüttelte leugnend den Kopf.

"Warum würdest du deiner Frau sagen, dass du sie betrügst?"

Jack sah unter seinen buschigen Augenbrauen auf, die ihn wie einen schelmischen Welpen aussehen ließen.

"Ich konnte nicht sehen, dass sie gleichgültig und ruhig war, als sie unser schmutziges Geheimnis weiter verbarg."

"Unser schmutziges Geheimnis ist, dass es ihm nur geht?" Dachte Becky.

„Nun, was hat sie gesagt?", Sagte Becky und tat so, als hätte sie den letzten Kommentar nicht gehört, als sie von einer Seite des Raumes zur anderen ging.

"Sie ist bereit, uns eine weitere Chance zu geben. Wenn dies aufhört."

Becky blieb stehen und sah Jacks Gesicht an.

"Wir? Du meinst, du und sie sind zusammen, nachdem ich es ihr gesagt habe?"

Jack nickte.

"Wirst du mich einfach so verlassen? Weil sie es sagt?"

"Sie ist meine Frau."

"Und was war ich?"

"Du weißt was das war. Ich habe dir gesagt, ich würde meine Frau niemals verlassen. Das war immer Sex zwischen dir und mir."

„Du weißt was das war. Vergangenheit. Es war schon vorbei in seinem Kopf. Wie konnte er mir das antun?'

Obwohl er gesagt hatte, er würde Mary niemals verlassen, dachte Becky, sie könnte ihn davon überzeugen, dass sie wirklich die Frau war, die er brauchte.

Und so ist es nicht?

Es schien nicht.

Jack hatte seinen Drink beendet und stand auf, um zu gehen.

Becky ging zu ihm hinüber.

"Ist das alles dann?", Sagte sie und starrte ihn an. "Wirst du es so fallen lassen und gehen?"

Jack seufzte, als er sie wegschob, um den Flur entlang zu gehen.

"Becky, ich habe Kinder", sagte er jetzt verärgert.

Oh nein, so einfach würde er nicht rauskommen.

Früher war alles Komplimente und spöttische und erotische Botschaften, mit vielen Küssen am Ende, um mich zu verzaubern.

Das ist es, was jeder tut, um das zu bekommen, was er will.

Wenn sie dann genug haben, werden sie defensiv und versuchen, dich loszuwerden.

Jacks wahres Gesicht zeigte sich jetzt.

Sie war für ihn nichts weiter als ein Stück Fleisch gewesen, ein leichter Fang.

Ein Abschaum.

Eine Hure.

So hatten Männer sie immer behandelt. Jack würde nicht anders sein.

"Na und? Viele Leute lassen sich heutzutage scheiden. Kinder kommen darüber hinweg. Sie haben immer noch beide Eltern", sagte sie kalt.

"Das sind Kinder, Becky", schnappte Jack. "Sie brauchen eine Familie. Sicherheit. Ein Vater, der immer da ist. Nicht einer, der ein paar Mal pro Woche auftaucht."

Und ich? sie dachte etwas egoistisch.

Die Frau, die keine Kinder haben kann.

Die Frau, die immer und immer dauerhaft steril sein wird und einem Mann keine Familie geben kann.

Das Phänomen.

Das seltene.

Der, der nur zum Spaß, zum Ficken gut ist.

Wer würde sie wirklich lieben?

"Ich gehe zu dir nach Hause", drohte er. "Ich werde ihr sagen, was wir getan haben. Wie du mich in deinem Auto in den Wald gefahren und mich auf dem Rücksitz gefickt hast. Wo ihre Kinder jeden Tag auf dem Schulweg sitzen. Wie du mich in dasselbe Restaurant gefahren hast, in dem du ihr vorgeschlagen hast. Sehen Sie, ob sie es sich dann anders überlegt. "

Jack drehte sich in der Tür um und seine Finger verließen die Kapuze, die er gerade über seinen Kopf heben wollte.

"Du wirst es nicht tun".

"Sieh mich an."

Becky sah zum ersten Mal einen Ausdruck in Jacks Augen, den sie zuvor bei vielen Männern gesehen hatte.

Der Ekel.

Was sie zwischen sich hatten, was auch immer für ihn gewesen war, war verschwunden.

Sie wusste, dass sie das niemals zurückbekommen würde.

Ihre Oberlippe kräuselte sich, als sie die Kapuze über ihren Kopf zog und sich nach unten beugte, um ihre Stiefel zu greifen.

Becky spürte, wie die Wärme aus ihrem Fleisch verschwand, das kalte Gefühl, zurückgelassen zu werden.

Aufgabe.

Sie hatte es schon zu oft gefühlt.

"Du kannst mich nicht einfach verlassen, Jack", flehte sie und spürte den vertrauten Strom von Tränen aus ihren Augen.

"Es ist vorbei", schnappte er und seine Stimme verzog sich vor Wut.

"Tu mir das nicht an, Jack. Bitte!"

Er knotete die Spitze seines Stiefels, richtete sich auf und beobachtete sie unter dem Schutz seiner Kapuze.

"Komm nicht mehr in meine Nähe oder zu meiner Familie. Wenn du das tust, rufe ich die Polizei."

Er hob die Hand und ließ seinen Schlüssel auf den Boden fallen.

Der Schlüssel, den sie ihm gegeben hatte, in der Hoffnung, dass er dies als sein wahres Zuhause sehen würde, in dem er schließlich dauerhaft leben würde.

Es war der letzte Stich in sein Herz.

Er riss an der Tür und machte einen schnellen Schritt in den Garten.

Becky stand auf der Matte, ihre Wangen glänzten vor Tränen im hellen Licht des Wohnzimmers und beobachteten, wie ihre große Gestalt durch den Regen schritt.

Von ihr weg.

Zurück zu seiner Familie.

Für immer aus seinem Leben.

Kapitel II

Becky sah in ihr Glas und spürte, wie sich ihr Kopf drehte.

Der Whisky hinterließ einen sauren und bitteren Geschmack auf seiner Zunge.

Mit zitternden Fingern hob sie das Glas auf und warf es gegen die Wand des Kamins.

Es kollidierte mit dem Spiegel, wodurch Glassplitter explodierten und dann auf den Boden und den dicken Teppich fielen.

Sie sprang von der Couch und marschierte zum Telefon.

Tränen stiegen in ihren Augen auf, als sie den Hörer abnahm, aber sie sagte sich, dass sie nicht mehr weinen würde.

Sie biss sich auf die Lippe und wählte entschlossen die Nummer.

Nach wenigen Augenblicken antwortete eine schroffe Männerstimme.

"Hallo?"

"Harry, ich bin Becky", sagte er und unterdrückte seine Trunkenheit mit einem Schmunzeln.

"Becky? Jesus, was rufst du gerade an? Es ist zwei Uhr morgens."

"Es tut mir leid. Es ist nur so ... ich muss mit jemandem zusammen sein."

"Was? Im Moment?"

"Ja."

Er hörte ein Rascheln am anderen Ende der Leitung, das Knacken seiner Kehle, getrocknet von Harrys Zigaretten, als er sich um das Bett bewegte.

"Weckst du mich wirklich mitten am Morgen für einen Fick auf?"

Becky spürte bei seinen Worten einen Knoten in ihrem Bauch.

Was, wenn sie wirklich niemanden brauchte, der sie zufriedenstellte?

Harry war das jedoch egal.

Er war nur ein typischer Mann, der nur eines im Sinn hatte.

Sie stoppte die Versuchung zu explodieren.

"Warum nicht? Es ist so gut wie jeder andere Moment", sagte sie etwas aufgeregt.

"Ich muss um sechs wach sein."

"Na und? Du kannst morgen Nacht schlafen. Und zumindest wirst du zufrieden zur Arbeit gehen, anstatt zu gähnen."

"Ich bin gerade mit gebrochenem Herzen. Der einzige Weg, nicht zur Arbeit zu gähnen, ist noch ein paar Stunden Schlaf und keine Bewegung."

Becky kniff frustriert in die Lippen und griff nach ihren Zigaretten, die neben dem Telefon standen.

Er zündete einen an und nahm einen langen, tiefen Zug, dann rieb er seinen Daumen über seine Schläfe, als er dicken Rauch ausblies.

"Ich werde tun, was immer du willst", sagte sie und das Nikotin gab ihr genug Kraft, um ihn zu verführen.

"Das was?", Sagte Harry.

"Ich werde meine Zunge in deinen Arsch stecken. Ich werde dich essen, wie ein Mann eine Frau isst."

Es gab eine Pause und er konnte fühlen, wie Harry am anderen Ende nachdachte.

Nicht viele Frauen waren bereit, den Arsch eines Mannes zu essen und Harry hatte einen besonders empfindlichen Anus, seine Zunge hatte die Fähigkeit, seinen ganzen Körper gleichzeitig zu beugen und zu schreien.

Es schien jedoch, als wäre er heute Nacht wirklich müde. Selbst das war nicht genug, um ihn in Versuchung zu führen.

"Oh, Becky. Hättest du nicht zu einem besseren Zeitpunkt anrufen können?

"Ich werde meinen Riemen anziehen. Ich werde dir einen langen harten Fick geben. Willst du das, Harry? Eins. Lang. Hart. Fick."

Harry klang nervös und aufgeregt, als er antwortete.

Becky wusste, dass sein Schwanz durch ihren ausdrücklichen und ekelhaften Mut unter der Decke steinhart geworden war.

Aber egal, womit sie ihn verführen wollte, er sah aus, als würde er sich nicht bewegen.

"Entschuldigung, Becky. Ich muss vorbeischauen. Wie wäre es mit Freitagabend?

Becky sah den Aschenbecher auf dem Kaffeetisch und drückte ihre Zigarette aus.

"Du bist wie alle Männer, richtig? Du denkst, ich renne, wenn du sagst. Nun, weißt du was Harry? Du kannst dich selbst ficken. Das war deine letzte Chance und du hast sie einfach verpasst."

"Was ... Becky?"

"Tschüss, Harry. Schlaf tief, wenn du kannst. Verdammt!"

Er knallte das Telefon auf den Hörer.

Becky saß einen Moment auf dem Bett, ihr Herz raste, ihr Blut kochte, eine Million verschiedener Gedanken wetteiferten um den Vorrang in ihrem Kopf.

Wie konnten sie ihm das antun?

Und wieder.

Und warum ließ sie sie das immer wieder tun?

Immer wieder in dieselbe alte Falle tappen.

Sie wusste, was Psychiater sagen würden.

Sie schätzen sich nicht genug.

Wie können Sie erwarten, Respekt zu erhalten, wenn Sie sich selbst nicht einmal respektieren?

Nun, das fällt ihnen leicht zu sagen.

Sie wollen wissen, wie es ist, sich wie eine Hure zu fühlen, die es Männern erlaubt, ihren Körper wie einen schmutzigen Lappen zu benutzen.

Eine Mutter, die mit ihren Freunden ficken und ihre Tochter allein zu Hause lassen würde, kalt und hungrig, ohne dass jemand sie wollte.

Eine Frau, die sie jahrelang davon überzeugt hat, dass ihr Vater sie nicht liebte.

Dass er sie wegen ihm verlassen hatte.

Als die Wahrheit war, dass er von der Unterwerfung, der er von ihr ausgesetzt war, eingeschüchtert und zu verängstigt war, um zu seiner Schreckensherrschaft zurückzukehren.

Becky vergrub ihr Gesicht in ihren Händen und ließ die Tränen über ihre Handflächen fließen.

Du hast mich verlassen, Papa.

Wie kannst du mich mit dieser Psychoschlampe zurücklassen?

Sie setzte sich auf und zwang sich, die Tränen zu stoppen.

Traurigkeit verwandelte sich in Wut wie das Umlegen eines Schalters.

Sein Vater war ein verdammter Feigling.

Wie alle Männer.

Sie gingen kontrolliert von den Bällen, die zwischen ihren Beinen schwangen, hatten aber nicht den Mut, sie zu benutzen.

Das konnte nur eine Frau.

Der Schmerz war zu viel.

Becky brauchte Sex.

Es war das einzige, was sie beruhigen würde.

Sex würde den Schmerz in ihr lindern.

Schmerz, weil sie nicht geliebt und zurückgewiesen wurde, wodurch sie sich wie eine schmutzige Wegwerfhure fühlte.

Für ein paar kurze Momente ein leidenschaftlicher Kuss, ein lustvoller Drang, der sie zum Orgasmus bringen würde, und sie würde sich geheilt fühlen.

Alles wieder gut.

Geliebt.

Das einzige Problem war, dass es zur Sucht geworden war.

Und sobald alles vorbei war, nachdem die Männer gegangen waren und zu ihren Frauen oder der nächsten Frau zurückgekehrt waren, die bereit war, ihre Beine zu spreizen, würde dieser dunkle Ort zurückkehren.

Bis zur nächsten Lösung.

Becky konnte es nicht mehr ertragen.

Genug war genug.

Diesmal würde jemand bezahlen.

Kapitel III

Rache ist süß.

Zumindest sagen sie das.

Becky dachte darüber nach, als sie ihr langes schwarzes Haar im Schminktischspiegel bürstete.

Sie war nackt, abgesehen von einem schwarzen Höschen, das mit einer kleinen roten Schleife geschmückt war.

Ihre 43 Jahre alten Brüste waren so fest wie die einer zehn Jahre jüngeren Frau.

Es war einer der positiven Aspekte, keine Kinder bekommen zu können.

Sie hat ihre Figur und ihren herrlichen Charme länger beibehalten.

Als die Borsten der Bürste durch ihre Haare glitten, erlebte sie eine Ruhe, die sie seit Jahren nicht mehr gefühlt hatte.

Endlich baute sich etwas in ihr auf.

Sie werden kein Opfer mehr sein.

Sie kämpfte.

Sie würde eine Kriegerin sein.

Sie wählte einen dunkelroten Lippenstift aus ihrem Make-up und trug ihn vorsichtig auf ihre Lippen auf. Sie fügte ein wenig Fülle hinzu, indem sie einen zusätzlichen Millimeter um den Rand gab.

Die Farbe ergänzte ihr dunkles Haar und ihre olivgrüne Haut und verlieh ihr einen leicht mediterranen Look, der nicht weiter von ihrem britischen Erbe entfernt sein konnte.

Sie musste zugeben, dass es gut aussah.

Sie hatte vielleicht ein wenig Härte in ihrer Stimme von so vielen Zigaretten und einer beschissenen Kindheit, ganz zu schweigen vom Trinken, aber sie wusste, wie man sich zum Sex zeigt.

Sie hatte diese Fähigkeit von ihrer Mutter gelernt, und als sie bemerkte, wie hart die Mädchen aus dem Norden waren, hatte sie auch gelernt, sie zu ihrem Vorteil einzusetzen.

Sexy Girls hatten Macht.

Sie konnten Männer mit ihrem Körper, ihrem Geruch und einem provokanten Blick kontrollieren.

Als Becky darüber nachdachte, wurde ihr klar, dass sie so viele Jahre überleben konnte.

Er stand auf und ging zum Ganzkörperspiegel.

Er lehnte ihren Kopf zur Seite und umfasste ihre Brüste.

Sie schmollte über ihre frisch gestrichenen Lippen.

Ja, es sah gut genug aus, um etwas Leckeres zu essen.

Und um dich auch zu essen, dachte sie mit einem sinnlichen Lachen.

Auf dem Bett lag ein rotes Kleid.

Kurz.

Sehr provokativ.

Niedriger Ausschnitt, um ihre Brüste zu zeigen.

Sie schob ihre nackten Füße in ihn und zog ihn die Länge ihres Körpers hoch.

Sie sah sich im Spiegel an, drehte sich um und befestigte ihn.

Sie bewunderte den seidigen Stoff, der an den Hüften faltig war und ihre typische Sanduhrform betonte.

An der Tür stand eine Reihe hochhackiger Schuhe.

Becky ging hinüber und schlüpfte in ein rotes Paar.

Die heutige Farbe war scharlachrot.

Rot für Blut und Mord.

Kapitel IV

Der Taxifahrer hielt vor dem Club.

Becky bemerkte, dass zwei Gorillas an den Türen standen.

Er bezahlte den Taxifahrer und trat auf die Straße, die von der Straßenlaterne beleuchtet wurde. Die sanfte Luft berührte seine nackten Schultern, als die Clubmusik unter seinen Füßen schlug.

Sie schloss die Kabinentür, ging zum Eingang und legte den Riemen ihrer kleinen roten Tasche über ihre Schulter.

Treffpunkt Es war ein moderner Herrenclub, der vor ein paar Jahren in der Stadt aufgetaucht war.

Männer jeden Alters gingen in ihren angesagtesten Anzügen, die in Aftershave-Flaschen getränkt waren, dorthin und versuchten, Mädchen aus dem Norden anzuziehen, die wie Hündinnen in der Hitze zu ihrem Geruch strömten.

Becky war keine Ausnahme.

Aber heute Nacht hatte sie sich besonders auf einen Mann konzentriert.

Der Ort war voller Aktivitäten, beschäftigt für eine Nacht unter der Woche.

Auf der einen Seite des Raumes trat ein Sänger auf der Bühne auf, und auf der anderen Seite war die Bar voll mit älteren Leuten, die sich über Biergläser gebeugt hatten.

Männer und Frauen saßen in einem großen Bereich mit Tischen in der Mitte des Raumes, plauderten und sahen zur Bühne auf.

Becky ging zur Bar und rief einen hübschen jungen Barkeeper mit dem Spitzenhaarschnitt einer Witwe an.

"Ist Ricky heute Nacht hier?", Fragte sie.

Der Kellner nickte. "Hinter."

Becky lächelte ihn an und trat von der Theke zurück, als sie bemerkte, dass die Augen der älteren Männer von ihren Getränken zu ihr gewechselt waren.

Er sorgte dafür, dass sie einen guten Blick auf seinen Hintern hatten, als er einen Korridor entlang verschwand, der zu den Büros im Hintergrund führte.

Ricky Morris war der Besitzer von fünf Nachtclubs in der Gegend von Maine.

Er hatte in den neunziger Jahren sein Geld mit zwielichtigen Geschäften verdient und die Kette der Herrenclubs gegründet, die bei den verspielten Jungs des Nordens sofort ein Hit gewesen war.

Er war auch dafür bekannt, mit Stripperinnen und Prostituierten zu arbeiten, sie mit Kunden zu versorgen und ihre Einnahmen zu senken.

Becky traf ihn vor zwei Jahren beim Start von Meeting Place.

Von all den attraktiven Frauen und hübschen Mädchen, die an diesem Abend dort waren, war sie diejenige, an die er sich gewandt hatte.

Vielleicht erkannte er etwas von sich in ihr, eine männliche Eigenschaft, die ihre ehrgeizige und unternehmerische Natur ansprach.

Eine Frau, die sich für ihr Geld und ihr gutes Aussehen nicht verbeugen oder schmeicheln würde.

Eine Frau, die hart spielen würde, um das zu bekommen, was sie wollte.

Becky klopfte an ihre Tür, wartete aber nicht auf eine Antwort.

Als er den Raum betrat, sah er einen Fleischblitz und roch den unverkennbaren Geruch von Sex.

Eine Frau in den Zwanzigern lag auf dem Schreibtisch, ihre nackten Brüste waren durch ein Kleid freigelegt, das immer noch um ihre Taille gewickelt war.

Ricky fickte sie aus einer stehenden Position, schwarze Hosen um die Knöchel, Schweiß glitzerte auf ihrem rasierten Kopf.

Bei der Unterbrechung drehte er den Kopf.

"Scheiße." Er zog sich von der Frau zurück und Becky sah seinen großen Schwanz, entzündet von Erregung, glatt mit dem Saft der Frau.

Als er sah, wer den Raum betreten hatte, seufzte er, beugte sich vor und zog seine Hose hoch.

Die Frau am Tisch bedeckte ihre Brüste und versuchte, ihre Verlegenheit mit einem sinnlichen Lachen zu verbergen.

Kleine Schlampe, dachte Becky und ging schamlos ins Büro.

Ricky befestigte den Ledergürtel um seine Taille, als er den Kopf schüttelte, damit das Mädchen gehen konnte.

Sie bedeckte immer noch ihre Brüste, rutschte demütig vom Tisch, packte ihre High Heels und ging auf Zehenspitzen aus dem Raum.

Ricky ging um seinen Schreibtisch herum und sah Becky mit gerötetem Gesicht an.

Er zog ein Taschentuch aus der Hemdtasche, wischte sich die Stirn und griff in eine Schublade, um eine silberne Zigarettenschachtel zu holen.

„Wem schulde ich das Vergnügen?", Sagte er, öffnete die Schachtel und holte eine farbige Zigarette heraus.

Er bot Becky einen an.

Sie behielt ihn im Auge, als sie zum Schreibtisch ging und eine der Zigaretten nahm.

Es war scharlachrot.

"Überprüfen Sie die Qualität der Ware noch einmal?", Sagte er und legte die rote Zigarette zwischen seine Lippen.

Ricky kniff die scharfen blauen Augen zusammen, als er seine Zigarette anzündete und dann das Feuerzeug hochhielt, um Beckys anzuzünden.

"Was ist dein Grund, mich zu unterbrechen und hier ohne Vorwarnung einzubrechen?"

Becky holte Luft von der brennenden Zigarette.

Sie blies den Rauch, der zur Decke strömte, in einem dünnen Faden aus.

"Ich sehe, du warst in letzter Zeit beschäftigt."

Sie sah mit einem Lächeln auf den Tisch hinunter.

Die Schweißabdrücke, wo das Gesäß der Frau gewesen war, waren noch auf der Oberfläche des Glases vorhanden.

Ricky setzte sich schwer.

Becky konnte fast ihr Herz rasen hören, das Blut pumpte immer noch um ihren Körper von der unterbrochenen Sex-Sitzung.

Er musterte sie neugierig.

"Du bist fertig?"

Becky schüttelte den Kopf.

"Na und? Ich bemerke etwas anderes an dir."

Becky warf ihre Haare zurück und schaute auf das große Goldfischglas, das hinter Rickys Kopf leuchtete.

Großer Fisch in einem sehr kleinen Teich, dachte er trocken.

Er hatte vielleicht Geld und Macht über Frauen, aber als er dort auf seinem Stuhl saß und keine Ahnung hatte, was passieren würde, war er genauso schwach und erbärmlich wie jeder andere Mann.

"Ich denke, es muss das Wetter des Monats sein", sagte er trocken.

Er nahm die Tasche von seiner Schulter und legte sie vorsichtig auf die Glasoberfläche auf dem Tisch.

Ricky beobachtete ihre Bewegungen mit Interesse.

Er ging um den Schreibtisch herum und legte sein Gesäß auf die harte Kante.

Ricky drehte seinen Stuhl, lehnte sich zurück und musterte sie.

"Sie sind eifrig", sagte er vorsichtig.

"Wann bin ich nicht?", Antwortete sie.

Ricky lächelte.

Er liebte das an ihr.

Dieser kühne und willige Appetit auf Sex.

Besonders von einer Frau.

Hat ihn in Sekunden hart getroffen. Becky wartete darauf, dass sein Schwanz wieder erwachte, als sie ihren Körper bewegte, um ihre Brüste zu zeigen.

"Du bist eine Hure", sagte Ricky. "Nichts hält dich auf, richtig? Nicht einmal sorglose Sekunden in einer kleinen Schlampe.

"Sie war nur die Vorspeise. Ich bin das Hauptgericht. Der echte Sex."

Becky zog ihr Kleid an ihrem Oberschenkel hoch und schob ihre Finger zwischen ihre Beine.

Sie hatte ihr Höschen ausgezogen, bevor sie das Haus verlassen hatte, so dass sie leichten Zugang zu den nackten Lippen zwischen ihren Beinen hatte.

Er sah Ricky an und nahm einen weiteren Zug von seiner Zigarette.

Die Ausbuchtung, die in seiner Hose weiter wuchs, sagte ihr, dass er vorhatte, in Sekunden in ihr zu sein.

Ihre Muschi befeuchtete sich bei dem Gedanken, verstärkt durch das Wissen, dass diesmal die Befriedigung süßer sein würde als jede andere.

Sie legte ihre Hände auf die Glasoberfläche, hinterließ klebrige Spuren ihrer moschusartigen Fotze und manövrierte sich direkt vor Ricky in Position.

Sie legte beide Absätze auf die Armlehnen des Stuhls und spreizte ihre Beine, um ihm die volle Sicht auf das zu geben, was sich zwischen ihren Beinen befand.

Aufregung schoss durch Rickys Augen, als er nach unten schaute und die Süßigkeiten sah, die unter dem kleinen roten Kleid versteckt waren.

"Was soll ich damit machen?" Sagte er sardonisch und hob eine Augenbraue.

Mit ihren Ellbogen auf dem Tisch schaffte Becky es immer noch zu rauchen, als sie mit einem schwülen Lächeln antwortete.

Sprachlos.

Ricky drückte seine eigene Zigarette aus und drückte sie schamlos auf das Glas.

Er atmete durch ihre Nasenlöcher, vielleicht um einen duftenden Geschmack der kommenden Dinge zu bekommen, und tränkte ihre langen Finger vor ihren schönen Lippen.

"Ich werde dich essen, bis deine Muschi in meinen Mund tropft."

Becky spürte, wie ihre Vulva kribbelte, als sie ihre Muskeln zusammenzog.

Sie hatte immer einen Jungen geliebt, der gerne Muschi aß.

Ricky war glücklich, sein Gesicht mit ihrem Saft zu sättigen und Dinge mit seiner Zunge zu tun, die ihn woanders hinschicken würden.

Es wäre der humanste Weg, dachte er.

Eine euphorische Angst.

Seine großen Hände berührten ihre Knie und spreizten ihre Beine noch mehr.

Becky starrte ihn mit grimmiger Faszination an und schätzte die Erregung in seinen stählernen Augen.

Er leckte sich spielerisch die Lippen.

Becky lächelte wissend.

Dann, bevor sie etwas anderes tun konnte, war sein Kopf zwischen ihren Beinen und seine heiße, feuchte Zunge arbeitete sich in sie hinein.

Beckys Kopf fiel zurück, als sie vor Vergnügen nach Luft schnappte.

"Oh verdammt."

Ricky schüttelte unersättlich den Kopf und leckte sein klebriges Fleisch.

Essen, schmecken, den moschusartigen Geruch einatmen.

"Köstlich", hörte Becky ihn mit seinem tiefen Vermont-Akzent sagen.

Er würde nichts so Leckeres schmecken wie ihre süße Rache, dachte er.

Ricky öffnete seine Hose, zog seinen Schwanz heraus und wichste ihn mit schnellen, harten Bewegungen seines Handgelenks.

Becky fragte sich kurz, ob er ihre Muschi der vorgezogen hatte, die er vor Minuten gefickt hatte.

Dann entschied sie, dass sie sich nicht mehr darum kümmerte.

Alle Männer waren gleich.

Arschsauger, die Huren missbrauchen und Fotzen lutschen. Selbst wenn sie die Fähigkeit hätten, dich an Orte zu schicken, von denen du nie wusstest, dass sie existieren.

Rickys Zunge war göttlich!

Becky sah nach unten und sah die glänzende runde Kopfhaut steigen und fallen.

Dies war sein Moment.

Sie holte tief Luft, hielt einen Moment inne, dann brachte sie ihre Schenkel in einer schnellen Bewegung zusammen und schloss Rickys Hals zwischen ihren Beinen.

Er würgte und versuchte wegzugehen, aber ohne Erfolg.

Becky griff in die rote Tasche und zog ein Messer heraus.

Sie packte den Griff mit beiden Händen und hob ihn über Rickys Kopf.

Er plapperte weiter und packte ihre Schenkel, um sie zu spreizen.

Aber sie konnte es nicht tun.

Sie konnte das Messer nicht auf den Kopf fallen lassen.

Jetzt, da der Moment hier war, schien es keine Fantasie mehr zu sein.

Es fühlte sich wie ein Albtraum an.

Sie war keine Mörderin.

Sie konnte nicht etwas werden, was sie nicht war.

Sie hatten sie innerlich getötet und sie verachtete sie dafür, aber kaltblütig zu töten machte sie zu etwas anderem.

Es machte sie weniger als sie.

Becky ließ den Druck ihrer Schenkel auf Rickys Kopf los.

Er kam aus der Falle, keuchte und rieb sich den Hals.

"Verrückte verdammte Schlampe", schrie er. "Was spielst du?"

Becky hatte die Waffe bereits in ihrer Handtasche versteckt, bevor Ricky seinen Zorn ausspuckte.

"Ich dachte, du würdest gerne etwas Raues ausprobieren", keuchte sie und tat ihr Bestes, um die Angst in ihrer Stimme zu verbergen.

Ricky spreizte die Beine und stand auf.

"Ich konnte nicht atmen!"

Becky spielte mit ihrem Kleid und stieg vom Glastisch.

Als er aufstand, bemerkte er den Ausdruck von Zweifel in Rickys Augen.

"Ach komm schon", sagte sie. "Es hat ein bisschen Spaß gemacht."

Es gelang ihm, ein Lächeln zu behalten, als sein Herz in seiner Brust schlug.

Ricky sagte nichts und suchte in seinen Augen nach einer Art Täuschung.

Er wäre der einzige mit Blut an den Händen, wenn er wüsste, dass sie geplant hatte, ihn zu töten.

Becky ging auf ihn zu und beugte sich dicht an sein Gesicht.

Sie küsste seine gerötete Wange und hinterließ ihre scharlachrote Lippe auf seiner Haut.

"Ich habe genug für heute. Mir geht es besser", sagte sie.

Sie hob ihre Tasche vom Tisch und ging zur Tür.

Sie konnte Rickys Augen auf sich spüren.

Durchdringen.

Anklagend.

"Warte", sagte er.

Becky blieb stehen.

Sein Herz erstarrte.

Er drehte sich langsam um.

Rickys dunkler Umriss wurde von dem hellen Schein des Aquariumwassers begrenzt, als er darauf wartete, dass er sprach.

"Sie werden Ihr Geld wollen", sagte er.

Becky runzelte die Stirn.

"Welches Geld?"

"Ich bezahle immer meine Lieblingsmädchen."

Becky musterte seine Augen.

Was hat er getan?

"Du hast es noch nie gemacht."

"Es ist an der Zeit, dass ich es tue."

Er nahm ein Scheckheft vom Schreibtisch.

Er zog einen Stift aus der Hemdtasche und kritzelte etwas darauf.

Als er es zu Becky brachte, kribbelte sein Hals.

Ricky gab ihm den Scheck.

Becky nahm es und sah sich die Menge an.

Vierzigtausend Dollar.

Sie erblasste und sah Ricky ungläubig an.

"Für fällige Dienstleistungen", sagte er.

Becky sah zurück zu der starken Gestalt.

Vierzigtausend Dollar.

Er würde seine Hypothek bezahlen.

Sie könnte ein neues Auto bekommen.

Über Wasser gehen.

Neue Klamotten kaufen.

Designerschuhe.

Ricky lächelte nicht, als er sah, wie sie den Scheck studierte.

Der Blick, den er ihr zuwarf, war besorgniserregend.

Becky sah nervös in seine stahlblauen Augen.

Er wusste, dass sie versucht hatte, ihn zu töten.

Er bezahlte sie.

Nimm das Geld, lass mich in Ruhe, komm nicht.

Sie wollte ihn nicht enttäuschen.

Er schaffte es zu lächeln und drehte sich dann um, um den Raum zu verlassen, seine zitternde Hand hielt immer noch dein neues Vermögen.

ENDE

www.ingramcontent.com/pod-product-compliance
Lightning Source LLC
Chambersburg PA
CBHW020329180726
47991CB00019B/1104